走，一场潮妆旅行

吴忧 著

上海书店出版社
SHANGHAI BOOKSTORE PUBLISHING HOUSE

前言

距离上一本书的出版，已经有一段时日了，非常开心能够和大家分享我的第二本书《走，一场潮妆旅行》。在这本书中，你不止可以看到作为彩妆师的我，我还将和大家分享关于旅行、心情、美食等生活方面的讯息。

上海、云南、东京、首尔、巴黎，从东半球走到西半球，我跨越了很多时区。这些地方都是我工作中去过很多次的，也许对于你并不陌生。然而每一次出发，对我来说目的地都充满了未知的魅力，总有新的灵感、新的故事等待我去开启，我想这也许就是旅行的魅力。

我希望将这些感触、见闻分享给亲爱的你们，愿你能带着轻松的心情翻开这本书，在忙碌的工作生活间歇，从我的字里行间得到放松和希望。

CONTENTS
目　　　录

S

HANG HAI

DREAM
OF
SHANGHAI

DREAM
OF
SHANGHAI

@SHANGHAI

我 的 上 海 梦
这 座 精 致 得 不 像 话 的 城 市

START
JUST FROM
YOUR FEET

提到上海这个城市，你的第一印象是什么？精致？陌生？抑或是海派？每个人的一生中，都会有一座不可割舍的城市，对我来说，上海就是这样的存在。

在这座城市，我从初入职场的小白，成长为如今大家所熟知的化妆师老师，我见过凌晨四点的上海，也经历过早高峰要命的拥挤。那时候就想着，即使再挤，也想在这座城市站稳脚跟。

每一个来上海奋斗的人，都是故乡眼中的骄子，这座城市曾让我们感到冷漠无情，直视自己的渺小和无奈，也因为它的包容性，而使我们的成功成为可能。

为什么那么多年轻人想要来上海？因为不同习俗、不同语言、不同民族、不同省份、不同文化背景的人，都可以在这里找到适合自己生存的土壤，身处上海，也就身处了中国。

这里，有古老的松江府，有外滩的百年风云，有老城厢的往事，也有陆家嘴的高楼林立。这里，有海派与时尚，有前卫与新潮。

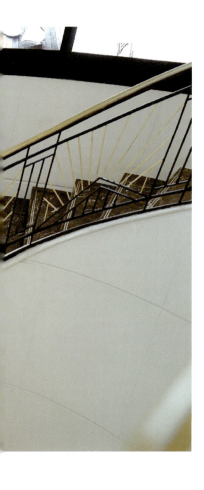

　　这里，汇聚着来自五湖四海的人们，他们在各行各业发挥着自身的价值，这里的思想和金钱一刻不停地在交锋与融合，一句"海纳百川"就足以包罗万象。

　　这里，不同的价值观和世界观都能存在；这里，有着以文明素质为主导的通行证，有着契约精神意识最高的社会，有着多元的文化和思想。

　　这里很市井，超市便利店在街角随处可见，四通八达的地铁钻进城市的每个角落，清新舒适的公交车停满了林荫道。这里也很摩登，这里有中西合璧的独特景观，充满情调的老洋房。

　　这里有高耸入云的大美，也有难以体察的小美……

　　就是这样一座城市，成就了我这么多年的上海梦，和无法割舍的上海情结。

2018.
@SHANGHAI

m

a

i

" Dream what you want to dream "

H

n

g a

i

在上海生活十几年，充分感受到这座城市的魅力，它有一种魔力，让人不自觉地精致起来。

如果讲到上海男人，你想到的第一个词是"精明"的话，那讲到上海女人，最符合的形容词一定是"精致"。她们的精致，不仅在外表，更在生活的方方面面。

老唱盘，旧皮箱，装满了明信片的铁盒里藏着一片玫瑰花瓣

The disk ages.
The suitcase is worn.
In the tin box fed up with envelopes,
a rose petal lies there in secret.

上海女作家程乃珊说："有怎样的城市，便会有怎样的女人。女人是城市气质的具体化，就如灯笼里亮起的那一点火，整个灯笼就生动起来一样。"

张爱玲，被称为上海最精致的女人。有人说，张爱玲成就了上海，上海也成就了张爱玲。

谈起张爱玲时，我的本能反应并不是"上海最风光的女作家"，而是她所能代表的一个时代的生活情调、时尚品味以及上海女人独有的那份精致。

曾经看文章写过她的一则小事：喝鸡汤发觉有药的味道，母亲问过厨子才知，这只鸡生前垂头丧气，便喂它吃了一些油膏。不得不说，好刁的一张嘴。

老上海，织锦缎，青花瓷……说起这些时尚元素，至今也依旧是设计师们视若珍宝的灵感元素，而这些所谓的织锦缎夹袍，青花瓷旗袍，早在数十年前就是张爱玲的心尖爱。

张爱玲的精致，是深入到每一个细节的。

在准备《倾城之恋》舞台剧时，张爱玲与导演第一次见面，穿着一身古典的齐膝夹袄，宽深大袖，水红绸子，黑缎镶边，右襟用的是一朵黑色如意样子的云头，而这套衣服是她本人亲手设计的，上海滩绝无仅有。

《花样年华》里，张曼玉的 23 件旗袍，让人记住了上海女人苏丽珍。这个女人的精致，在于她即使到弄堂里买一碗小馄饨，都要穿戴整齐才肯出门，绝不会睡衣一披，趿拉着拖鞋就下了楼。

阮玲玉——这个老上海电影界不能忽视的奇女子，几乎当得上 20 世纪 30 年代的代言人，追求"现代、时髦"的她在镜头前几乎从来都是一袭华美的旗袍，柳叶细眉、丹红嘴唇，美成经典，精致的她也代表了一个时代。

上海女人的精致，哪怕是一个漂亮的脂粉盒、一个镂雕的小镜、一个别致的烟嘴……她们都要精挑细选。为了美丽，费尽心思，她们对精致的追求，恐怕现在许多时尚圈达人也望尘莫及。

说着一口吴侬软语的姑娘
缓缓走过外滩

A young woman, with a soft voice,
strolls past the Bund at a gentle pace.

其实还有很多的老上海女人创造的时髦，也在如今的时代延续着她们的韵味和风情。

时尚基因在上海源远流长，对时尚生活的推崇深深根植于上海人的血液中，如今的上海也有了许多时尚达人的打卡新地标。

静　安
嘉里中心

上海静安嘉里中心是一座用二十年打造的"城"，它之于上海，是新意，也是惊喜。

2013年，在上海静安寺商圈，静安嘉里中心以艺术静安、文化静安的主题切入市场，从此南京西路上，又多了一处繁华。区别于传统的豪华商场或大型购物中心，徜徉于此，人们不仅能时刻感受到国际大都市散发的摩登气质和海派文化，也将邂逅一段段关于上海这座城市的宝贵历史记忆，领略"历史与未来凝固于当下"的美妙。

越来越多的时装周、时尚秀也来到这里，引导着这座城市去攀登时尚新高峰。

时尚的对话，文化的交流，生活的畅想，静安嘉里中心真正地将精致生活带到每一个魔都人身边并潜移默化地改变着更多人的生活方式。

K 1 1
购 物 艺
术 中 心

　　K11的诞生预示着这个城市内在的能量将被激发出来，让都市人的人文艺术及生活得到活化，重塑和新生。它把商业变为艺术，打造最大的互动艺术乐园、最具舞台感的购物体验以及最潮的多元文化生活区。

　　由于有着开阔专业的展览空间，K11在展览方面更为专业。这里有时尚的购物体验，也有形式多元的精神文化消费，无疑对生活在上海的都市潮人有着巨大的吸引力。

　　生活在上海的最大福利就是：从来不用愁闲暇时应该去哪里消磨时光。南京西路上的太古汇，淮海中路上的新天地，每一个单独拎出来，都足够让人花上一整天的时间来探寻它的精彩。逛着逛着，你可能就不小心参与了某个品牌发布会、音乐会或是艺术展，你也永远都不会知道，下个拐角将会有什么样的惊喜等着你。

若干年后，一个交杂融汇灯火通明的大都市不该仅仅只有吴侬软语十里洋场的罗曼蒂克，身处在风格如此多样的时髦地标中，上海女人的时尚风格也形成了多样化。

在别人眼里，上海女人的时尚，是《花样年华》里身段妖娆的苏丽珍，是《色戒》里的麦太太，也是张爱玲笔下的《红玫瑰与白玫瑰》。

如今，上海汇集各大时尚品牌，举办上海时装周等时装秀，牢牢占据着国内时尚前沿，独领远东时尚之先，有望成为继巴黎、伦敦、米兰、纽约、东京之后的"第六大国际时尚之都"。可以说，上海女人的时尚，就代表着中国的时尚。

上海女人的时尚被重新定义

Shanghai is redefined
The fashion of women

上海女人的美，是清爽的、优雅的，是得体的，讲究韵味。豆蔻少女，穿一袭黑衣，可以是沉静；花甲老妪，着鲜艳的裙裾，可以是端庄。

她们会为了一个配饰而精挑细选好久，在这里，独立女性可以穿出女人味，萝莉少女可以化身御姐，森女也能变身时尚达人，千人千面，时尚的可能性，会在每个人的身上发生。

上海女人追求时尚，是世界公认的。

就是这样一座充满包容性、时尚性、千人千面的城市，触动了我内心的时尚基因，让我变得精致，也更热爱生活，享受美。

毕竟，生命终将流逝，但美的记忆长存。

If you love, love deeply. If you abandon, please thoroughly.
Don't be ambiguous, it's harmful to both.

CITY MAKE UP 芳华未央

最美好的年华，无需浓墨重彩，立体感的勾勒和看似随意的发丝，都能让人对这含苞待放的青春产生敬畏，橘粉色贯穿主题，这大抵是最适合青春的颜色。

❶ MARIE DALGAR 玛丽黛佳｜轻雾感唇膏 # 探戈橘
❷ MARIE DALGAR 玛丽黛佳｜毅力持久眼线液笔
❸ MARIE DALGAR 玛丽黛佳｜混色版画眼影 #03 南瓜
❹ MARIE DALGAR 玛丽黛佳｜"小蘑菇"精华美颜霜
❺ MARIE DALGAR 玛丽黛佳｜黑流苏密语睫毛膏

❶ CHANEL 香奈儿 | 双色眉粉盘 # 40 自然
❷ Sisley 法国希思黎 | 漾泽美唇彩笔 #18 号 Tango 浓郁红
❸ Sulwhasoo 雪花秀 | 莹彩腮红 #1 樱花粉
❹ HR 赫莲娜 | 猎豹睫毛膏（防水型）
❺ LANEIGE 兰芝 | 小白光气垫 BB 霜

极 致 东 方

我对东方美的解读是从颜色和线条上来理解的，一抹正红令东方感的五官立刻变得鲜明起来，而弯曲的发丝则凸显骨子里的性感。

精致角逐

上海女人无疑是精致的最佳代言人，这种精致是眉梢利落的结尾、一丝不苟的细腻底妆以及饱满温润的唇，仿佛吴侬软语就要呼之欲出。

< 从左到右 >　HERA 赫妍｜魅幻亮润隔离霜 #t02
CHANEL 香奈儿｜四色眼 #LES 4 OMBRES
Sisley 法国希思黎｜漾泽腮红彩笔 # 珠光亮
CLARINS 娇韵诗｜植萃凝亮润唇油 #02 raspberry 甜蜜树莓
DIOR 迪奥｜惊艳盈密睫毛膏

高调轮廓

上海女人的美就像这个历史悠久的城市一般，既有东方的魂又有国际化的韵。橙红色的大胆腮红就这样高调地勾勒出轮廓感，带来足够的自信。

< 从左到右 >

YSL 圣罗兰｜蒙德里安五色眼影

MAYSU 美素｜冰清玉润无瑕粉嫩气垫 BB 霜

NARS 纳斯｜腮红 # 焦糖橘色

DHC 蝶翠诗｜立体持久眉笔 / 眉粉

GUERLAIN 娇兰｜亲亲唇膏

WU YOU's PACKAGE

化妆包分享

1 ---- **NARS**
亮彩柔滑遮瑕膏

2 ---- **MAYSU**
白山茶气垫 BB

3 ---- **ELIXIR**
优悦活颜弹润睡眠面膜

4 ---- **RENE FURTERER**
5 感精油

5 ---- **M·A·C**
九色眼影盘

6 ---- **SHISEIDO**
新透白美肌集光祛斑精华液

7 ---- **QUAILA**
金典粉底刷

8 ---- **Guerlain**
亲亲唇膏

9 ---- **Avène**
舒缓特护保湿乳

Y

UNNAN

D.H.

Douceur toujours... forever... Be ... Winter —

FIND.
THE NATURE

EVERYTHING IS GOING TO BE ALRIGHT
MAYBE NOT TODAY

分 成 两 半 的 人

@YUNNAN

澄江之畔
重拾初心

意大利作家卡尔维诺说过：

> 旅行，是为了回到
> 你的过去和寻找你的未来。

　　拆开来说，回到你的过去，许是到了曾经去过的地方，想到了彼时到此一游的自己和当时的状态，有可能会重拾最初的美好；抑或是某些无法释怀的回忆，时过境迁之后，除了心疼当年的自己，也会懂得原谅和忘记的美德。寻找你的未来呢？每一次旅途中几乎都能遇到未知的惊喜，这些惊喜和故事会引领你成为更好的自己。

YUNNAN

我曾在很多个焦虑的梦中醒来，梦中也有堆积如山的工作和差一点就没有赶上的飞机。通常我会斟上半杯红酒，望着已经熟睡的城市，一边浅酌，一边对远离城市喧嚣的郊野绿意充满憧憬与期待。

水泥森林中匆匆行走的人们，大抵都是愿意将自己分成两半的，一半在格子间里奋力拼搏，争分夺秒；另一半在荒野乡间，过着最简单质朴的生活，心无旁骛，自在逍遥。

熟悉我的朋友都知道，我对于工作近乎极端的执着，但让我一直保有工作热情的秘诀，就像一只纤尘未染的玻璃瓶，在注水至即将漫溢的一刻，我选择完全倾覆，从头再来。旅行，抑或可称为一场出走，行至乡野之间，河畔流转之处，抛开电子设备的烦扰，让身体和精神结伴放空，就像清空玻璃瓶，不但能让紧绷的状态得到舒缓，也能为我注入新的创作灵感。

说到云南，在我的记忆中，是恋爱的画面，一个拥抱、一个吻、一首歌，这里有着最简单的生活方式，却也有着最容易获得的幸福感。这片充满着鲜花气息的土地，总是与浪漫无法分割。而作为一个摩羯座男人，我却很少有机会能拥有这样浪漫的机会，总是忙碌于工作，偶尔也该让自己放放空。

FIND. THE NATURE

I MAY NOT BE PERFECT, BUT I'M ALWAYS BE ME, MAKE THE CHOICE TO BE HAPPY

THE BIGGEST PART OF BEING HAPPY IS TO SIMPLY MAKE UP YOUR MIND TO BE A HAPPY PERSON

DREAM WHAT YOU WANT TO DREAM

GO WHERE YOU WANT TO GO

BE WHAT YOU WANT TO BE

BECAUSE YOU HAVE ONLY ONE LIFE AND ONE CHANCE

TO DO ALL THE THINGS YOU WANT TO DO

彩云之巅
淳风澄江

　　许巍有一首歌，叫做《彩云之巅》，歌词中"仰望纯净的天空……倾听千古的寂静，静默地望着雪山，时间在这一刻停止"，恰到好处地诠释了我身处云南的心境。

云南我来过若干次，每一次都会有新的惑动、收获新的能量。年少轻狂时，也曾在这里许下过承诺，如今岁月沉淀，竟成了时光给予我的美好回忆。

澄江县，是云南昆明东南方的一个小县城，这是我此行云南的目的地。虽名为"江"，但澄江因红水河段支流河水含泥沙量少，清澈明亮，幽蓝静谧，仿若湖水一般。抚仙湖、帽天山、梁王山、悦莲庄园，这些充满着神话色彩的名字让人心向往之。四季如春的气候，蓬勃生机的植物，成就了大自然鬼斧神工般的作品。

初到澄江的两天，阴雨连绵，我乘船出行，在船上撑着伞，体验与一千年前别无二致的游览方式，湖光山色，尽收眼底。也许是天气的原因，此处游客稀少，倒是成全了我的好心情。人是种奇怪的动物，感情触角异常发达，敏感而脆弱，竟然连天气都能左右，而在我看来，阴雨天的澄江是极美的，在绵绵细雨下赏湖景，让人浮想联翩，哪怕只是毫无意义的放空，也是令人着迷的。

F I N D

T H E

N A T U R E

HOPE

FOR THE BEST, BEST EFFORT,

DO THE WORST,

WITH THE BEST ATTITUDE,

EVERY DAY IS A GOOD DAY.

CITY MAKE UP

薄如蝉翼 透润明亮

清透、干净、明亮，仿若澄江清澈的湖水一般，不掺杂质，下眼睑的珠光点缀是亮点。

❶ ETUDE HOUSE 伊蒂之屋｜眼影盘 # 红酒派对
❷ MARIE DALGAR 玛丽黛佳｜惊叹水唇膏 # 冷裸粉
❸ MAKE UP FOR EVER 玫珂菲｜全新清晰无痕粉底棒
❹ MARIE DALGAR 玛丽黛佳｜先锋造型染眉膏 # 蜜糖咖
❺ LANEIGE 兰芝｜旋密塑形睫毛膏

❶ KATE 凯朵｜双彩调色腮红
❷ ETUDE HOUSE 伊蒂之屋｜明眸卷翘睫毛膏 #1
❸ MARIE DALGAR 玛丽黛佳｜毅力持久眼线液笔
❹ MAYSU 美素｜一抹生色轻雾感持久唇膏 # 橙色
❺ M·A·C 魅可｜定制水漾轻盈粉底液

似有若无　春风化雨

这样的妆容淡淡的，但却美得令人心悦诚服。好像城市里总是不断地做加法，当我来到澄江之畔时，却看透了减法的奥妙。

似 点 绛 唇　诉 说 衷 肠

肤若凝脂的完美状态，重于保养，妆容则是配角，旨在突出好气色，裸粉色即可。

< 从左到右 > 　**DR PLANT 植物医生**｜石斛兰鲜肌凝时面霜
　　　　　　KATE 凯朵｜立体棕影眼影
　　　　　　BOBBI BROWN 芭比波朗｜缤纷唇颊霜唇膏
　　　　　　GUERLAIN 娇兰｜金钻修颜粉底
　　　　　　DR PLANT 植物医生｜繁花水漾口红 # 山茶裸粉色

灿若朝霞　沁肤红晕

在湖心游船时，有幸看到最美的朝霞，大自然的画笔在脸上着色时，大抵就是这样，自然沁润出的一抹红。

< 从左到右 >　**Sulwhasoo 雪花秀** | 丝斓修容粉饼
　　　　　　M·A·C 魅可 | 矿质腮红 # Gentle
　　　　　　M·A·C 魅可 | 九色眼影盘
　　　　　　Dr.Jart+ 蒂佳婷 | 气垫 BB
　　　　　　BOBBI BROWN 芭比波朗 | 纯色奢金唇膏 #6 号

大自然的馈赠
成就肤如凝脂

······

万物相生相克，早在古代，我们的祖辈就懂得利用植物的力量来获取美丽的肌肤了。最著名的案例当属慈禧，70多岁了依旧拥有少女般细腻的肌肤，容颜不老，后人研究她平日的美容习惯，受益匪浅。

其中有一种，是慈禧每晚都要用的"睡眠面膜"，采用白扁豆、白蚕僵、牵牛花籽等，俗称"八白粉"，美白效果奇佳！此外，慈禧对胭脂的制作抱有浓厚兴趣，古代的胭脂是采用精挑细选的凤仙花或是玫瑰，捣碎了过滤出汁液，再将棉纸浸透汁液若干天后晒干，用的时候滴几滴水、或是在嘴唇上抿一抿，颜色自然漂亮，好像肌肤中透出来的红润，是不是很讲究呢？

由于现代科技的发达，更多有益于肌肤的植物被科学家们发现了，此处列举一些我个人比较喜欢使用的供参考：

薰衣草

幸福

不过是普罗旺斯的薰衣草

只开一季

薰衣草算得上我最熟悉的植物之一，当工作越来越繁忙后，我渐渐被失眠所困扰，经常需要薰衣草精油辅助睡眠。

据说，薰衣草被称为「香草之后」，原产于地中海沿岸、欧洲各地及大洋洲列岛，自古就广泛使用于医疗上。从薰衣草中提炼的精华，可促进受损组织再生恢复，有淡化疤痕的功效，对于日晒后的皮肤具有很好的镇静效果。关于薰衣草的产地，除了众所周知的法国之外，还有我国的新疆，那里拥有得天独厚的地理与气候条件，是世界第三大薰衣草种植地，伊犁被国家农业部命名为「中国薰衣草之乡」，伊犁河谷也因此成为世界八大薰衣草知名产地之一。

薰衣草除了助眠、舒缓、杀菌、促进皮肤再生的作用外，也是非常上镜的花朵，即使不踏出国门，大家也能见到最美的薰衣草，有机会可以去伊犁看看。

有朋友去海岛旅行，皮肤被紫外线严重灼伤，全身起了大片大片的红疹，痛痒交织，苦不堪言。她向我求助，我立刻让她去买芦荟胶，要浓度很高的那种，每日数次厚敷，过了三天，红疹全消！可见芦荟之消炎、舒缓、修复的作用。比起薰衣草来说，芦荟的价格要便宜得多。

翠叶芦荟，即库拉索芦荟，是最适宜直接美容的芦荟鲜叶。它具有使皮肤收敛、软化、保湿、消炎、美白的作用，还有解除硬化、角化、改善伤痕的作用，不仅能防止小皱纹、眼袋、皮肤松弛，还能保持皮肤湿润、娇嫩，同时，还可以治疗皮肤炎症，对粉刺、雀斑、痤疮以及烫伤、刀伤、虫咬等亦有很好的疗效。

除了外敷，芦荟好处很多，可以食用，取食也简单，自家也能种植。

芦荟

茵茵菱草绿葭槎，齿叶生生缀嫩芽。
细雨芳园幽碧翠，微风山野蕴炳纱。
浮生一味平添美，出世无容也尚嘉。
千古红颜终是梦，清宵星览月辉斜。

張愛玲筆下的玫瑰是這樣的「也許每一個男子全都有過這樣的兩個女人，至少兩個。娶了紅玫瑰，久而久之，紅的變了牆上的一抹蚊子血，白的還是窗前明月光；娶了白玫瑰，白的便是衣服上的一粒飯粘子，紅的卻是心口上的一顆朱砂痣。」

幾乎沒有人，會否認玫瑰的魅力，張愛玲筆下的玫瑰是女人，莎士比亞的十四行詩中，玫瑰是真善美的化身。

玫瑰，被稱為『花中之後』，作為農作物，其花朵主要用於食品及是東香精玫瑰油，玫瑰由要匕等重量黃金介值高，應用於化妝品、食品、精細化工等工業。玫瑰可以普遍應用於肌膚保養與調理上，具有緊致肌膚、舒緩等功效，可調節女性的內分泌和氣血。含有玫瑰成分的美容產品，更多是利用玫瑰的香味以及它舒緩、放松、滋潤的功效。土耳其的伊斯帕塔是一個世代以種植玫瑰為生的安靜的小鎮，這裡家家戶戶祖祖輩輩都種植玫瑰。所種植的大馬士革玫瑰是世界公認的優質玫瑰品種，擁有得天獨厚的地形與肥沃土壤的土耳其伊斯帕塔——自然、純淨、朴實的生活環境及開滿山谷的玫瑰花田將珍貴的大馬士革玫瑰奉獻給世人。他們用最真摯美好的心態來種植，用最傳統自然的手法來提取，從而有了最純正的玫瑰精油、玫瑰純露等倍受贊譽的佳品，純手工傳統技藝更保護了這片養育他們的土地。

玫瑰

蘑炷騰清燎，鮫紗覆綠蒙。
宮妝臨曉日，錦段落東風。
無力春煙裡，多愁暮雨中。
不知何事意，深淺兩般紅。

……Rose

Rosemary

这不是周杰伦唱的"迷迭香",此迷迭香又名艾菊,主要功能为收敛和抗氧化性。迷迭香提取物香气的主要作用点在脑内扁核桃和海马部位,因此迷迭香有提高人的注意力和记忆力的功用。实验表明,迷迭香和柠檬草2种精油的香气对治疗抑郁症的患者有帮助。

天气转凉的时候，我最爱喝洋甘菊泡的茶，清火、降燥。洋甘菊最主要的特点就是温和，又名西洋甘菊，是一年生草本菊科植物，花瓣呈白色细小碎裂状。这种带有类似苹果甜香的花儿，有"地上苹果"的美名。它具有消炎、止痒、安抚、修护、洁净、醒肤、抗敏等功效，自古以来，就被西方人当作药草植物，除了冲茶饮用、制药之外，它更是美容界现在争相运用的完美舒缓抗敏成分。

洋甘菊

一重山，两重山，山远天高烟水寒，相思枫叶丹。

菊花开，菊花残，塞雁高飞人未还，一帘风月闲。

……Chamomile

积雪草提取物可祛除疤痕，消除痘痘，促进衰老肌肤再生。积雪草主要成分是积雪草苷，对瘢痕成纤维细胞活力有促进作用，所以有抗炎症以及祛疤的作用；与磷脂物质聚合效果很好，加之具有良好的抗菌作用，对消除青春痘也有较明显的效果；同时，对酪氨酸酶还具有抑制作用，因此，还可以美白。

积
雪
草

灵芝

长栖白云表，暂访高斋宿。
结茅隐苍岭，伐薪响深谷。
灵芝罪庭草，辽鹤委池蔑。
还辞郡邑喧，归泛松江渌。
同是山中人，不知往来躅。
终当署里门，一表高阳族。

灵芝自古被称作能治百病的仙草，作为拥有数千年药用历史的传统珍贵药材，具备很高的药用价值，灵芝中提取的精华可为肌肤排除因新陈代谢所产生的浊质、废物，改善肌肤暗哑、使肌肤重获美白，焕发肌肤生机。 我国拥有丰富的灵芝种类资源，是灵芝主产区，而海南岛又是我国灵芝科真菌最多的地区。

在中国的西南边陲——云南，有很多人迹罕至的原始森林，里面藤罗密布、古树参天，数百年甚至上千年的老树随处可见。在一些古老的树干或树枝上缠绕着大量的野生植物，它们就是被云南人当做"至宝"——位列"九大仙草"之首的石斛兰。这些野生的石斛兰，没有任何污染和人工种植的痕迹，营养价值极高，据当地人介绍，晒干的石斛可以卖到 4000 元一斤。

在云南少数民族地区，每当有老人即将过世，气息奄奄时，为召集亲人们见最后一面，家中的长辈们会熬制浓浓的石斛兰汤，喂给老人，可以短暂维持心跳。石斛兰因此又被称为"还魂草"、"救命仙草"。当地少数民族，常常用野生石斛兰来煲汤、煮水、泡茶喝，可以滋阴清热，提高身体免疫力。此外还将石斛兰洗净捣烂，涂抹于脸部用于护肤，可以补水保湿，防止皮肤细纹、皱纹的产生。

现代科学对石斛兰进行了研究，发现石斛兰中含有多糖，用于护肤品可以保水，此外石斛兰的酚性成分对络氨酸酶（致黑因子）有一定的抑制作用。DR PLANT 植物医生先后与 20 多名跨学科植物学家对石斛兰进行了深入研究，并公开一项专利："一种石斛兰提取物及其制备方法（专利号：CN106692692A）。"这是一种工艺更简单、提取效率更高的石斛兰提取专利，可最大限度保留原植物有效成分，不使用任何有机溶剂，保证提取物安全环保、无毒无副作用。

在此基础上，DR PLANT 植物医生联合中国科学院昆明植物研究所，甄选云南海拔 1600 米的高山石斛兰，采用中国科学院昆明植物研究所专利提取技术，研发出石斛兰鲜肌凝时系列：萃取出精纯的"石斛兰紧致焕颜因子"，糅合丰富的石斛多糖及植物多肽，具有强大的补水保湿、抗老化、淡化细纹的功效，令肌肤细腻平滑、紧致饱满！

石斛

蚱蜢髀多节，蜜蜂脾有香。
藓痕分螺砢，兰颖聚琳琅。
药谱知曾有，诗题得未尝。
瓦盆风弄晚，彼拂一襟凉。

不同肤质的
面膜大法

D·H

面膜中偏爱加入各种植物成分，想学"老佛爷"的容颜不老秘诀，选对面膜很重要。
如果你还在盲目乱买一气，不如看看我为你推荐的不同肤质选面膜的方法，并不是所有
畅销款都适合你的脸！

干性肌肤

　　干性皮肤是指因皮脂腺分泌的减少及皮肤屏障损伤造成经表皮失水增加而造成皮肤角质层水分低于 10% 的肤质。其表面肤质较轻薄，皮肤上很少长粉刺和暗疮，毛孔不明显。干性皮肤分为缺水和缺油两种情况。干性肌肤更易衰老，因此在面膜的选择上，补水、保湿和抗老尤为重要。在对应的植物成分上，则应选取如黄瓜、红茶、蜡菊、向日葵、睡莲、金盏花、玫瑰等。

B

油性肌肤

　　找到问题的源头很重要，油性肌肤出油旺盛，容易造成毛孔粗大、粉刺、痘痘现象，多是由于内分泌紊乱和肌肤缺水造成的。因此，油性肌肤适用的面膜，应该是补水、抑痘、深层清洁、收缩毛孔等功效的。在对应的植物成分上，则应选取如椰子油、金缕梅、金盏花、母菊花、积雪草、芦荟、黄瓜等。

Facial mask with different skin quality

混合性肌肤

现代人混合性肌肤的越来越多，除了一些人是天生的混合性皮肤，还有相当一部分人以前是中性皮肤或油性皮肤，随着压力、年龄、环境等变成混合性皮肤的。混合性偏干的肤质毛细孔较小，有一些细纹，脸部没有光泽。混合性偏油的肤质毛细孔较明显，T字部容易出油，毛孔粗大，脸颊则干燥，很少有脸部细纹。混合性肌肤由于状况比较复杂，又会随着四季而变化，所以要时刻观察肌肤问题，从而找到适合的面膜。

敏感性肌肤

敏感性皮肤是一种问题性皮肤，任何肤质中都可能有敏感性肌肤，就如同各种肤质都可能有老化肤质、痘痘肤质等。敏感性肌肤的病理改变是角质层变薄，皮下毛细血管扩张后淤血后所呈现在面部的红色网状。在面膜的选择上，敏感肌肤一定要谨慎挑选，从面膜成分入手，挑选安全、成分相对简单的产品；在对应的植物成分上，则应选取如薰衣草、洋甘菊等。

WU YOU's PACKAGE

化妆包分享

1 --- **LA MER**
焕白璀璨柔肤水

2 --- **ZA**
清透控油防晒妆前乳

3 --- **Dr.Jart+**
密集修复紧致面膜

4 --- **LANEIGE**
臻白峜集修护淡斑精华液

5 --- **Galenic**
婕美夜间之美时光啫喱

6 --- **HERA**
赫妍臻润防晒气垫 BB 霜

7 --- **Diptyque**
影中之水淡香水

8 --- **SENKA**
绵润泡沫洁面乳

9 --- **shu uemura**
无色限柔雾唇膏

P

A R I S

ON the LEFT BANK

| WOODY ELLEN

PARIS.2017

着 迷 ， 左 岸 的 慢 时 光

ON THE LEFT BANK

———

遇见 Woody Ellen 的《午夜巴黎》

@PARIS

　　无论去巴黎多少次，我对它的印象始终停留在 Woody Ellen 的《午夜巴黎》中。开篇近四分钟的胶片，描绘了晨光下、雨幕中、夜色里的巴黎街头、公园、小巷、咖啡馆、塞纳河和石板路，浪漫得不可救药。剧作家主人公进行了穿越，遇到了海明威、毕加索等一系列黄金时代的艺术家，整部电影都好像涂上了一层蜂蜜色的滤镜，让人对巴黎充满向往。

　　真实的巴黎也许并不像想象中美好，它有着历经岁月打磨的沧桑和现代的冷酷，但这并不妨碍它迷人的特质。

　　飞机落地时是晚上 7 点钟了，迎接我的是湿冷的小雨，入住了相对安全的八区酒店，我早早地睡下了。次日早餐后，想逛街的念头被浇灭，原来巴黎的店铺大都上午 11 点钟才会陆续开门营业，这大概也是巴黎浪漫的一种表达吧，用早上大把的时光好好享受新鲜的烤面包、浓郁的咖啡和有故事的街道。

Quand tu souris, le monde entier's arrête et se fige un instant.

" Quand je ferme mes yeux,
je vous vois, et quand je les ouvre,
je vous cherche. "

在巴黎逛街是最容易感受到法式浪漫与文化的方式，很多家居买手店、香氛店、书店和设计师服装店，大多拥有着独特的设计和优雅的好品味。例如法国香水的老字号"花宫娜"，是非常难得的法国独有、国内买不到的香水。如果你没听过这个牌子，那你一定听过香奈儿和迪奥吧？这些大牌的香水都曾取材于花宫娜。

花宫娜于1926年在法国南部玫瑰小镇格拉斯创办，成为当时世界上第一家香水工厂，取这个名字是为了纪念一位法国油画家。格拉斯素有"玫瑰小镇"、"香水之都"的称号，若你恰逢五月到小镇游玩，会看到几乎家家户户的窗外都布满了红色的玫瑰，让经过的人有身临花海的感觉。小城地理位置优越，面对地中海，背靠阿尔卑斯山，而格拉斯小城四周还围绕着种植薰衣草、茉莉、玫瑰、含羞草、橘子花、紫罗兰的花田。当你驾车驶入小城时，大片色彩纷呈的花海伴着迷人的香气扑面而来，景致甚美，而众所周知的香奈儿五号香水也正是在此诞生的。

然而今天最大的花宫娜香水工厂已经在摩纳哥旁边的埃兹小镇了，从尼斯开车前往摩纳哥，一路欣赏着地中海的美景，途中可以经过这个小镇，整个小镇就由一座山和这家香水工厂组成。在此，你可以近距离观察香水是如何制造的，还能见到调香师，并有机会制作一瓶只属于自己的独一无二的香水。

倘若你像我一般，行程只在巴黎也没关系，在巴黎这座浪漫之都，你同样可以邂逅它的身影。在巴黎歌剧院的旁边，花宫娜博物馆让你对香水的前世今生有一个深度的了解。若是时间充裕，你亦可以漫步在蒙马特高地，圣心大教堂脚下，这里有一间幽静的小店等你去发掘，这里没有人潮涌动，可以让你细细挑选自己钟爱的香氛产品。

ACTUALLY,
I HAVE BEEN SO LONG
STANDING BEHIND YOU,
LACKING OF
YOUR TURNING ROUND.

NO CAN
BUT WILL

有这么一句话说："如果你在塞纳河的右岸散步时，在你的身边经过的有很多都是穿着高跟皮鞋的银行家；而你在左岸散步的时候，有很多都是大学教授或者艺术生。"左岸，孕育了巴黎的文化。

这里，值得你花一天的时间，去细细寻觅。很少有城市，是如此将历史沉淀下来，并且发展成一种无形的声望，有关文学或是艺术。从建筑上看 这里保留了很好的原貌；从氛围上看，这里又萦绕着追忆和平常。无数的艺术家、作家和诗人，也曾在此流连，与朋友喝酒、喝咖啡，相谈甚欢。一不留神，也许就在精神的世界里，与他们，来了一场邂逅。

左岸，遍布着不计其数但各具特色的咖啡馆、酒吧和啤酒馆。花神咖啡（cafe de Fiore），传说中著名哲学家萨特和其情人西蒙·波娃消磨时光之地；里普啤酒馆，传说中安德烈·幻德及其《法兰西》杂志社撰稿作家们定期见面探讨写作心得的地方。传说或许有夸大的成分，但也足以旁证这里浓烈的文学艺术气息。

见惯了光怪陆离的商业城市，也许，你也愿意在这里走一走，肆意洒脱。

" Don't judge each day by the harvest you reap but by the seeds that you plant. "

**IN CLASSICAL MYTHOLOGY,
CUPID IS THE GOD OF DESIRE, EROTIC LOVE,
ATTRACTION AND AFFECTION.**

Angel

    我喜欢坐在巴黎的某家街角咖啡馆里，点上一杯香浓的咖啡，透过玻璃窗细细打量这个城市与路过的巴黎人。巴黎女人很精致，她们大多打扮简约时髦，格外钟爱黑白灰三色，红唇成了女性最钟爱的妆容元素，搭配白皙的肌肤更显明艳。与其说巴黎人考究，不如说他们洒脱，随意中透露着时尚，绝对不会过于用力，让人感受到他们骨子里追求自由的精神。

    傍晚的巴黎美得像一幅油画，棉花糖般的云朵都染上了红晕，在夕阳的照射下，呈现出梦境般丰富的色彩。一座座充满着历史与故事的建筑物，也披上了一层金色的薄纱，当时的我很有作画的冲动，也明白了为什么法国的艺术如此蓬勃发展，每一处景致都令人陶醉。

CITY
MAKE
UP 复古迷情

仿若奥黛丽·赫本的经典猫眼妆，让人们的回忆追溯到20世纪的法国，女性主义的萌芽仿佛让人无畏一切。

❶ ÍPSA 茵芙莎 | 肤色绝配双色眼影
❷ ESTEE LAUDER 雅诗兰黛 | 花漾倾慕唇膏
❸ KATE 凯朵 | 畅妆持久浓细眼线液 # BK-1
❹ KATE 凯朵 | 幻黑纤长睫毛膏
❺ M·A·C 魅可 | 定制水漾轻盈粉底液

❶ **Dior 迪奥** ｜ 凝脂恒久气垫粉底
❷ **Innisfree 悦诗风吟** ｜ 矿物质纯安四色眼影 #1
❸ **KATE 凯朵** ｜ 幻黑纤长睫毛膏
❹ **M·A·C 魅可** ｜ 新艺术彩粉腮红 #6 初夏暖橙
❺ **MARIE DALGAR 玛丽黛佳** ｜ 怦然星动蜜粉饼 # 微光星空
❻ **MARIE DALGAR 玛丽黛佳** ｜ 新艺术彩粉腮红 #03

令人怦然心动的粉红，爬上了眼角、眉梢、双唇、两颊，仿佛空气中都是充满浪漫的桃花香，这款开运妆容亦很优雅、很巴黎。

浪漫巴洛克

不计代价的华丽年代，拥有着纸醉金迷的魅力。

谁说妆容就要循规蹈矩？有时候一点点小创意足够让你在人群中脱颖而出。

< 从左到右 > **Sulwhasoo 雪花秀** | 采淡致美气垫粉底液
IPSA 茵芙莎 | 光透无瑕修饰遮瑕膏
FEELING 菲灵 | 酷朋香氛油蜡
KATE 凯朵 | 畅妆持久浓细眼线液
MARIE DALGAR 玛丽黛佳 | 黑流苏密语睫毛膏

法式红唇很叛逆，这体现在不分棱角的唇线上，带着一点点乖张和调皮，宣扬着自己的美丽态度。

< 从左到右 >

BOBBI BROWN 芭比波朗 ｜ 修护菁华粉底液

DHC 蝶翠诗 ｜ 恒彩星光 4 色眼影 # 裸棕

M·A·C 魅可 ｜ 立体凝彩唇膏 # Liptensity_Cordovan

HR 赫莲娜 ｜ 猎豹睫毛膏（防水型）

YSL 圣罗兰 ｜ 炫黑眼线液

······

疗愈香氛
揭秘心情美肤秘诀

　　法国香氛大名鼎鼎，仿佛法国千百年来都是飘香的浪漫国度，却鲜有人知道法国香氛的历史。18世纪的巴黎，是一座充满"恶臭"的城市。由于人口众多，普通公民生活相当困难，死者也相当多，人死后被随意埋在靠近居民区的墓场里，尸体散发的恶臭和市场中鱼肉腐烂的恶臭混合在一起，更有甚者，成百上千的人在街道各处随意大小便，让这座城市充满了不堪。王公贵族呢？据说法国国王路易十四64年间只洗过一次澡，只因在当时社会，洗澡被当作一种医疗手段，只有医生嘱咐，人们才会洗澡，由此可以想象人们身上散发的体味。在这样的社会背景下，可以遮掩臭味的香水应运而生。

　　也许法国香氛的诞生限制了你对美好的想象，但这并不妨碍如今法国香氛在我们心中美好的印象。法国香水和法国时装、法国葡萄酒并列为法国三大精品产业，是法国人的骄傲。法国香水的香型共分为七大族，而每一个族又包括三到七个小族。这七大族分别是柑橘香、花香、蕨香、施普尔香、木香、龙涎香和皮香。

柑橘香

这种香型是由从香柠檬、柠檬、柑和橘的果实的皮中榨取的香精和其他成分组成，包括五个小族。

Citrus

花　香

这种香型是由从茉莉花、玫瑰花、玲兰花、茧菜花、晚香玉、水仙花等中提取的香精加其他成分组成，包括七个小族。

Potpourri

蕨 香

这种香型以蕨香精为主，但一般配有
薰草香、木味香、橡木香、豆素香
等成分，包括五个小族。

Sweet fern

施普尔香

这种香型源自弗朗苏瓦－科蒂
1917年配制的"施普尔"香水，
该香水成功地带动了一系列
以橡木香、岩蔷薇香、广藿香、香柠檬
等香精为组成部分的
香水的生产，包括七个小族。

Scent of scent

木 香

这种香型是以檀木、广藿香木、雪松
和香根草的香精为主混合以薰草香
和橘香而组成的香型，包括六个小族。

Woody fragrance

龙涎香

这种香型也被称作东方香型。它主要是由华尼拉香草香、岩蔷薇香、半日花香和源自动物分泌物的一些香精组成，包括五个小族。

Ambergris

皮 香

这是以皮香为主混合以其他香精香料组成的香型，包括三个小族。

Leathery

不同的香型除了能让鼻子得到享受，更能愉悦心情。例如薰衣草能够镇静舒缓、薄荷能够提神醒脑、柑橘香能够令人愉悦等等。法国女人的美丽秘密也源于其中，"不用香水的女人是没有未来的"，这样的话并不是空穴来风。善用香水，不但能够作为自己的"个性名片"，向别人展示自己，更能够愉悦自己，心情能够带动肌肤的改变，这是一个神奇的连锁效应。

正是由于香氛对于肌肤和心灵的这种疗愈作用，很多化妆品牌也在产品中加入了令人倍感愉悦的香气。

······

法式抗老
从肌肤到发丝的闪耀感

　　法国女人很美，这种美不光是外在的，还源于心中强大的自信。法国女人的美丽秘诀是什么？从我很熟悉的好友、品牌欧缇丽创始人马蒂德·托马女士的书中我得到了答案。马蒂德女士是一位非常优雅而执着的法国女性，在她所著的《法国女人的美丽手记》中，我摘选了几点她的分享：

保持快乐心情

看似心灵鸡汤，却是很多现代人最忽视的部分。拥有的越多，越容易烦恼。最终，你会发现很多让人快乐的东西都是免费或无价的，只有保持心情愉悦，皮肤才能散发健康而迷人的光泽。例如使用护肤品，与其说结果是最重要的，不如好好享受使用的过程。不为追逐潮流、不为愉悦他人，相信自己是最好的。

比起化妆
法国女人
更注重保养

对于法国人来说，护肤完全在于预防和调理。比起化妆，她们更喜爱光滑柔亮的秀发和光洁细腻的肌肤。防晒和 SPA 是她们比较注重的护肤方式。

不节食
不吃加工食品

吃，对于肌肤和身体状态来说起着决定性作用。法国人很懂得享受美食与美酒，与其挨饿，她们更愿意去享用健康的食物。晚餐时搭配一杯红酒，能让肌肤看起来更加红润。

紫外线的防御攻坚战

　　法国人喜欢阳光，喜欢自然，但她们很注意保护自己的肌肤不被紫外线灼伤。要知道紫外线是造成肌肤衰老的最大外在因素！我们常说的紫外线，指的是波长在100nm至400nm之间的不可见光，大致分成三种UVA、UVB、UVC，其中UVC波长最短，对人体伤害最大，但是在大气层、特别是臭氧层中已经被吸收，无法到达地面。因此防护UVA、UVB是主要的防晒诉求。

　　UVA能够直达真皮层，促进黑色素生成，UVB波长短，更容易让肌肤晒伤。由于现在臭氧层被破坏，紫外线的杀伤力更强，外出前，一定要做好防晒工作。我的建议是面部使用SPF50的防晒，身体使用SPF30的防晒，并且2小时补涂一次。

　　防晒这件事，绝对是防大于攻，即使是阴天也不能放松警惕。然而，若是不小心晒伤了，肌肤红肿痛痒，该如何解决呢？镇静舒缓是第一步，美白修复是第二步。

选用高纯度芦荟胶，厚敷在清洁后的肌肤上，一定要尽量厚敷，不要心疼用量，这样才能舒缓受伤的肌肤。当肌肤红肿好转后，选用保湿面贴膜，反复对肌肤进行保养。

选用集中型美白精华和修复精华，对晒后肌肤进行"挽救"，若是能再口服维生素 C 更好。

被 阳 光
亲 吻 的 发 丝

法国女人很羡慕中国女人具有光泽感的黑色直发，因为她们的头发大多比较毛躁卷曲，因此她们非常注重头发的养护。

在头发的养护上，远远不止"选对洗发水"这么简单。从饮食、生活习惯、日常护理、集中护理，你随时都要注意保护好自己美丽的秀发。

1. 饮食尽量清淡，这是老生常谈了，偶尔放纵可以，但日日重口味无论对身体、肌肤，还是头发都没有好处。尽量吃烹饪时间短、原味的食物，享受好食材本来的味道。芝麻、核桃等坚果类富含优质油脂，能让头发变得更强韧，富含蛋白质的食物也是不错的选择。

2. 尽量避免染烫，如果喜欢，请一定要选择安全系数高的产品。扎头发的时候不要太紧，不要给头皮太大压力。还有值得注意的一点，很多女孩发际线保持一段时间后，容易造成"局部秃顶"的假象，所以每隔一段时间，注意调整发际线的位置。

3. 日常选择洗护产品，一定要针对自己头皮的类型和头发的类型，例如有人头皮是油性的，而头发是干性的，那最好是选择去油的洗发水，并在洗发后对头发进行发膜类的保养。

4. 定期给头发做个 SPA，并不一定要在理发店中做。在家中也可以利用触手可及的食材来 DIY。例如牛油果和橄榄油以及蜂蜜蛋清。

WU YOU's PACKAGE

化妆包分享

1. **KENZOKI**
芃颜舒柔多效修护精华油

2. **GALÉNIC**
婕美恒润保湿乳液

3. **GUERLAIN**
幻彩流星粉球

4. **ARMANI**
轻垫精华粉底液

5. **KLORANE**
柔润倍护免洗喷雾

6. **CHANEL**
嘉柏丽尔香水

7. **HR**
至盈无痕精华液

8. **MARIE DALGAR**
混色版画眼影

9. **L'OREAL**
纷泽丰润雾感唇膏

漫　游　霓　虹　国　度

LOST
in
SECONDARY
RAINBOW

> > >

精 致 生 活 的 寻 宝 地 . . . . . .

TOKYO...

梦を見る事が出来なければ、未来を変える事は出来ません。

由于工作的原因，我来过日本数次，最常来的城市便是东京。日本为何被称为霓虹国，在我看来，有两层意思：一是"日本"在日文中的发音与"霓虹"相似；二是当华灯初上时，密集的建筑群及数以万计的广告牌亮起，霓虹闪烁，煞是壮观，竟有黑白颠倒之势。

提起东京，读者跟我的印象应该大抵相同：时髦的聚集地，购物的天堂，精致的代表，卡哇伊的地标。当你深入这个城市，又会发现更深一层的魅力。撇开民族仇恨不谈，日本人在国民素质和国民修养这方面的培养上，非常成功。所以在日本旅行时，我会感到非常安全、干净、舒适，无论是在城市还是在郊野。

东京是时髦的美妆地，除了银座知名的化妆品专柜，便捷的药妆店更是淘货的好地方。通常来说，我会比较推荐的药妆店是松本清、SunDrug、Ainz&Tulpe、@cosme store。松本清和 SunDrug 互为最大的竞争对手，货品种类差不多，经常会有竞争性的打折。Ainz&Tulpe 则是购买各种限定美妆最全的药妆店，外貌控一定不能错过。大名鼎鼎的 @cosme store 相信喜爱美妆的人们最为熟悉，每年大家都在关注的日本最权威的化妆品评定 cosme 大赏，这家店便是它的实体店铺，即使没有 follow 榜单，你也可以直接在店内一目了然地选购商品。

除了银座、表参道、涩谷、新宿这些知名的购物、游览景点，我个人倾向一些人流不多、更具文艺气质的街道。例如下北泽（Shimokita）由几条四通八达的小巷构成，以独具风格的古着店和个性十足的咖啡馆与杂货店构成，行走其间，你还能看到日本富人居住的独栋house，自带别院，路面几乎纤尘不染，肚子饿了，还能找到一些老字号的酒馆和食堂，这里有地道的好味道。此外，其间还散布着一些小剧场和展演空间，这是真正能消磨一整天时光的好地方。

在旅行中，我喜欢记录每一个让我心动的瞬间，一处景、一棵植物、一种设计，用CASIO拍照神器，无论是拍人还是拍景，效果都非常赞！清晰的图片质量，呈现事物的每一个细节，光线捕捉柔和，让人物影像更加柔美、色泽更加温暖。

すべての終わりは
新（あら）たな始まりである。

说起东京最令我本年轻人口中的"浪顾名思义，自由之丘势才稍平缓。自由之丘<!----> 了，这个在众多日十足的时髦店铺。之丘车站附近的地房首选区域，在东京的一些杂志的民意调查中，自由之丘被列为最想居住的地方之一，且多名列前三甲。自由之丘的魅力在于，它不像银座、新宿那样主要是办公楼和商区，而是周边居民 24 小时衣食住行皆不可或缺的生活社区，它拥有着优雅与浪漫，同时还兼具着市井的温暖。

この世に偶然なんてないわ。

あるのは、必然だけ。

据不完全统计，自由之丘有1000多家小店，因为当地居民受教育层次相对而言较高，因此当地的商店多以经营精致的、个性化的以及能体现生活品质的商品为主。我在自由之丘购买了许多软装饰品，这些令人心动的小物件，让繁忙工作后的疲惫一扫而空。

当我在东京乘坐公共交通时，总能看到一些人捧着纸质书籍，争分夺秒地认真阅读，车厢内安静得像是图书馆。他们也许在上班的路上，也许在上学的途中，不变的是，他们都会利用自己的碎片时间去阅读，不荒废一点时光。我也喜欢阅读，但每每看到日本人的阅读精神，还是为之动容。每当我因为工作繁忙或是身体疲惫而放下书本时，我会记起在日本的所见所闻，强迫自己拿起书本，勤奋地及取新的知识和灵感。我最近在读一本书《东京本屋》，推荐给我的读者们，作者是一立在北京居住多年的地道日本人吉井忍，他花了10年时间追踪采访了东京10家独立书店的经营故事，从书到书店、再到人与人之间的沟通以及精神层面的探讨，它不只是一本文化类书籍，更像是一本mook，可读性很强，关键是按图索骥，你真的可以去书中介绍的书店走一走，感受一下东京更深层的文化。

> > >

采 访 美 魔 女 说
不 老 的 传

　　说来有趣，东京这个地方，盛产美魔女，即容颜不老的美女。此次行程中，我有幸与日比野佐和子老师见面，并探讨了一些关于保养类的话题，在此与读者分享。日比野佐和子，医学博士，抗衰老领域的权威人物，学术研究包含中医学、荷尔蒙疗法、胎盘疗法、植物疗法、血液净化疗法等。现年46岁的她，实际外貌也就是30出头的样子，令人敬佩的是，她用1年的时间减掉15kg，现在的她体态轻盈健康，只有52kg。对日比野老师感兴趣的读者可以关注她的多部著作，在畅销排行榜上经常名列前茅！

BEAUTY Q&A

Q&A 01 平时您的保养心得是什么？

我会选择适合自己的保养品，非常重视保湿步骤。关于彩妆，我也会选择有护肤功能的产品，尽量减少对肌肤的伤害。除此之外，日常我会选择外涂式胎盘素进行美容。

Q&A 02 平时有没有运动和饮食的习惯？

每天睡前我都会做一个 15 分钟的体操，腹部、背部、肩部要着重锻炼，这些地方都会加速老化。另外每天我会吃 5 顿饭，秉持着少食多餐的规律，提高自身的代谢率。早餐：中餐：晚餐 =5:3:2。

Q&A 03 做过最有效的美容方式是什么？

大概 8、9 年之前，我做过第一次干细胞手术，这是一个非常有效的抗衰老方法。

Q&A 04 干细胞美容是什么意思？

随着年龄的增长，我们的肌肤会变薄，生长皱纹，利用提取肌肤自身的干细胞（耳后大概一粒米大小的肌肤），而非药物，让细胞重组，实现年轻化的目的。做过干细胞美容的女性，能够感受到非常明显的年轻化效果。

Q&A 05 日本的美容界这样的技术是否已经很成熟？

目前还不是很多。培养细胞治疗，是需要国家给予许可批准的。这类技术在日本属于第二类治疗水准，属于非常高的水平了。

Q&A 06 这样的手术能维持多长时间？需要多久做一次？

做一次手术就能实现效果的话是比较难的，提取干细胞只需要一次，取得后需要进行培养（大概一个月左右），之后选择合适的日期将干细胞注入两次（两次之间隔一个月）即可。如果是 30-40 岁的人，注射后效果可以维持一年。而提取的干细胞将被冷冻保存十年，如若下次注射不用重复提取。

此外，即使是普通的日本女性也都非常重视"外貌礼仪"，行走在街上你会发现几乎所有女性都化着浓淡相宜的精致妆容，这是她们礼仪文化的一种体现。有些女孩儿甚至会选择非常夸张的造型，例如以前流行过的涩谷109辣妹、洛丽塔风格等。这是一个包容力强、创造力强、女性非常自信、自我的城市。这里给我的创作灵感很丰富，各种视觉化的妆容造型在我脑中构思成型：前卫、冲击力、大胆的色彩。我有两位日本女性友人，她们都非常善于经营自己，这次我也邀请到了她们分享自己的化妆包，看看她们化妆包里的秘密，有什么时下最流行的单品呢？

在这里我想着重介绍一下我的日本旅游，健康管家团队（**株式会社 Dr.plus**），是一群来自旅游圈医美圈的靠谱小伙伴创立的，他们在上海也设立了分公司。这次日本健康之旅，感谢这群小伙伴从一开始的策划，安排预约以及全程陪同、翻译，让我深刻感觉到日式服务的精髓。Dr.Plus 也是连接我和日本的美容健康的桥梁，后续也会有进一步的合作，同时有兴趣的同学们也可以关注一下他们的公众号（**DrPlus 健康直通车**），体验一下这群顾客至上的管家们的贴心服务。

> > >

沉　　醉　　自　　然
箱　　根　　之　　行

　　小别东京，我来到了度假胜地箱根，坐落在富士山下的小镇，拥有绝美的自然风光和丰富的温泉资源。箱根的芦之湖为火山湖，海拔 724 米，面积为 7 平方千米，湖最深处达 45 米，湖岸线长达 20 千米，晴天时可看到终年积雪的富士山。另一大奇景是火山口大涌谷，终日白烟缭绕，常喷出大量带硫气体。此处特产一种硫磺温泉煮过的黑皮鸡蛋，据说吃一个便能延寿 7 年，猜猜我吃了几个？

从烟雾缭绕似仙境的大涌谷离开，乘"海贼船"游览过芦之湖的美景后，我在周围的杉木林荫道徘徊，大约 400 年前的古树遗留至今，让我深切感受到了自然的神秘魅力，得天独厚的优质火山土壤和矿物质水让箱根的植物长势繁茂，好似一个天然大氧吧。在此，我放慢步调，怀着对自然的敬畏之心，享受自然的馈赠。

此行让我最为感动的，莫过于在箱根入住的小涌园天悠温泉酒店。这家 2017 年 4 月刚刚开业的温泉度假酒店以五感疗愈为主题，豪华的日式现代风装修，既古朴又时髦。除了感受道地的温泉，我还体验了日本三大料理之一的"会席料理"，并参加了一场别开生面的中秋晚宴。

Hakone

　　此处就要提及日本人的泡汤文化，为什么日本人那么喜欢泡温泉呢？首先是日本得天独厚的地热条件，拥有非常多的温泉资源，且配套风景也是美不胜收。其次，泡温泉对健康有很好的功效：温泉一般含有多种活性作用的微量元素，有一定的矿化度，泉水温度常高于 30 度以上；温泉可对肥胖症、关节炎、神经损伤、心血管系统疾病、痛风、皮肤病等有一定治疗作用。再者，不同的温泉对肌肤也有不同的作用，硫磺泉可软化角质，明矾泉可收敛毛孔，含钠元素的碳酸水有漂白软化肌肤的效果。

　　我有位好友 S 小姐，最近在东京购置了房产，并声称要来此养老。我不禁讶异，东京如此快节奏的都市哪是适合养老的地方？她便说自己就喜欢这种按部就班和井井有条的生活环境。也对，在东京过着精致的快节奏生活，偶尔来箱根放放空，抑或是乘新干线一路向西，沿途无数美景，随时下车，都能收获满满的感动。

M

MATSUMOTO KIYOSHI

松本清（银座总店）

地址：东京都中央区银座 5-5-1

街头最常见的药妆店，招牌是一个巨大的黄色"藥"字加上品牌片假名，许多热门商区的店铺营业到深夜甚至 24 小时不关门。基本上目前热销的产品都可以在比较大型的松本清找到，经常能碰到会说中文甚至就是中国人的店员，缺点是特价品不够多，以及往往人满为患。

A

Ainz&Tulpe

地址：目黑区自由が丘 2 丁目 10-8

店内充斥着各种萌萌哒氛围，清新的色系，年轻的配色，在这里你可以买到各种地区的限定美妆品，包装控和外貌控一定不能错过。店内的陈列非常整洁干净，让购物的人一目了然。

C

@cosme store

地址：3 Chome-38-1 Shinjuku

最具公信力的美妆大赏莫过于日本的 cosme 大赏，品类非常详细，真正由消费者评选出的好用品，大赏中的获奖品在这里都能买到。店内一般还设有电脑，方便顾客查询榜单，每个产品都设有试用，想不买都难。

K

KOSOUAN
古桑庵

地址：自由が丘 1-24-23

位于文艺气息很浓厚的自由之丘地区，开了 100 多年的抹茶店，品质一流。最让人难忘的是它隐于市的静谧气息。古树、老房子、打理得井井有条，坐下来静静的品尝抹茶的清香，看看唯美的庭院，实乃一大享受。

Y

YUNESSUN
小涌园温泉主题乐园

地址：神奈川县箱根町二ノ平 1297

小涌谷温泉，"箱根十七汤"之一。其中，小涌园温泉主题乐园是东京周边最大的温泉乐园，分泳衣入浴区域（YUNESSUN）和裸体入浴区域（MORI NO YU），泳衣入浴区域包括古代罗马浴场、死海浴场、神灵的爱琴海等包含露天浴场区在内的 63 种浴场；而裸体入浴区域则有箱根最大面积的浴场，包括总桧浴场、木桶浴场、庭园风格露天浴场等共 32 种。

Y

YUNESSUN
小涌园天悠温泉酒店

地址：〒 250-0407 神奈川县足柄下郡箱根町二ノ平 1297

2017 年 4 月刚刚开业的酒店，设施非常新，拥有绝美的露天温泉房，可以一边欣赏山景一边泡私密温泉。150 间客房中精心布置了 6 间豪华客房作为特别客房。它们各自以箱根的 6 个地名命名，以"时代 × 文化"和"自然 × 四季"为主题，在客房内提供用餐。客房专属的服务员均在集团接受过"女将技塾"的培训，具备专业技术知识。

吴老师的美妆课

接下来我就教大家如何利用 **KATE 三色造型眉粉** 一个单品，简单轻松地画出两种不同风格的眉形。

一字平眉

用细刷头在自己的眉毛下边缘由眉头画至眉尾，画比较平一点的线条。

用大刷头在眉头上方补色，把眉头抬高，这样前后可以拉平眉形。

用大刷头把颜色均匀铺满，眉头颜色淡一些，眉峰眉尾可以重一点。

用细刷头蘸取中间色和最浅色，来打造鼻侧影，由上往下晕染，这样眉头也会比较自然。

Tips.1 拯救发际线

眉粉也可以用来画出发际线，用大刷头蘸取最深色在发际线周围晕染修饰即可，重点是修饰完发际线脸型都会变小很多噢！

Tips.2 修容修颜

当你没有修颜粉的时候，一样用化妆刷蘸取浅色和深色调一下，来修脸型的轮廓，这样会让脸型更小巧精致。

> > >

眉妆的潮流近几年可是一直被关注，甚至有一些明星们因为自己的眉形而上热搜，所以在美妆的时尚趋势里，眉毛也被媒体们划分出了多种名称，多样的眉形包装作为话题去炒作。

而我在这里只想说一句话 **"那就是做减法"** 。

减去多余的工具，减去眼花缭乱的名称，回到最初，学会两种眉形轻松搞定所有妆容。

心动弯眉

根据自己想要的弯度的眉形，在眉毛下方画出稍有弧度的线。①

弯眉强调轮廓感，所以在眉峰处画上轮廓线条，把位置标出。②

沿着眉峰顺势下画，画出有棱角的弧度。③

用大刷头从眉头下方晕染连接到鼻侧影，让轮廓更加立体。④

Tips.1 打造翘下巴

想让你的下巴更翘一点，也可以蘸取一点深色在下巴跟唇中间的轮廓线部位加强阴影。这样就会让你的下巴更饱满脸型更美。

Tips.2 修饰鼻翼

有一些女生鼻头不够精致不够小巧，同样可以在妆容完成后用大刷头蘸取眉粉在鼻翼两侧进行修饰，打造精致鼻型。

CITY MAKE UP 上瘾！光影游戏

心机高光的点缀，令高级感立刻上升。平凡的五官在光影的作用下，愈加立体，干净、简约、透明感，这种极具现代感的妆容汀毫至汲。

❶ CHANEL 香奈儿 | 眉笔 CRAYON SOURCILS
❷ GIVENCHY 纪梵希 | 高定香榭双色唇膏
❸ CHANEL 香奈儿 | 山茶花润泽微精华乳霜
❹ MARIE DALGAR 玛丽黛佳 | 毅力持久眼线液笔
❺ CLARINS 娇韵诗 | 清透润白丝绒粉饼

❶ **CHANEL 香奈儿** | 腮红 #JOUES CONTRASTE
❷ **BOBBI BROWN 芭比波朗** | 晶亮颜彩盘
❸ **KATE 凯朵** | 三色造型眉粉
❹ **KATE 凯朵** | 润彩显色口红 # 红棕色
❺ **FEELING 菲灵** | 造型发胶

柔和的色彩，像打翻的水彩调色盘，看似不经意、实则精心在脸上排列过，仿佛生来便具有的个性符号。

COME ON！电音派对

大胆的玩色，青春独有的叛逆，体现在跳色的眉毛上、酷黑色的唇妆上以及明媚的猫眼眼线上。

< 从左到右 >　**GIVENCHY 纪梵希** | 轻盈无痕明星四色散粉

DHC 蝶翠诗 | 恒彩星光四色眼影

DIOR 迪奥 | 腮红 斑斓色彩胭脂系列

M·A·C 魅可 | 持久哑光液体唇膏 # RETROMATTE_YOUNG ATTITUDE

HR 赫莲娜 | 猎豹睫毛膏

俏皮的立体图案，在眼角飞扬，带着一点点不确定的未来感以及霓虹国度压抑在安分本性中的张扬，仿佛眼睛也会说话。

< 从左到右 > **M·A·C 魅可** | 定制无瑕粉底液

NARS 纳斯 | 多效亮采修颜膏 # 愉悦红粉色

L'OREAL 欧莱雅 | 纷泽琉金唇膏 #s101

KATE 凯朵 | 畅妆持久浓细眼线液

EDUTE HOUSE 伊蒂之屋 | 晴彩自然眉笔 #03

> > >

穴 位 按 摩
日 复 一 日 的 美 容 马 拉 松

　　穴位按摩起源于中国，应用到美容上，则是在霓虹国发扬光大。至今，在日本商场专柜中名扬海内外的各种美容按摩仪器以及药妆店中的美容按摩小物件，都时常脱销，供不应求。

　　穴位按摩乃中医之道，并不像化妆品中宣传的"几日见效"，它是一个长期坚持才能看到效果的行为。因此，希望能够由此方法收益的读者们，能够将这样的好习惯坚持下去。

　　首先，大家要先对美容穴位有一定的认知：

四白穴

四白穴属足阳明胃经，具有"散发脾热，向天部提供水湿"的作用，直视向前时，它位于瞳孔正下方眼眶之下的凹陷处。按揉此穴对眼部肌肤美容、面部美白有效果。俗称"美白穴"，除了改善肤色，还能改善毛孔粗大和色斑问题。此外，让我们苦恼的黑眼圈问题，也能靠按揉四白穴来改善。

睛明穴

睛明穴位于双目内眦外上方的凹陷处，按压此穴可疏通膀胱经，让气血流向眼睛，让眼睛恢复神采。按压此穴同样有改善黑眼圈和眼袋的功效，因为黑眼圈和眼袋的成因是眼下气血运行不畅，造成色素沉淀和浮肿，所以改善的重点便在于加速眼部血液循环，消除瘀滞。

大巨穴

大巨穴位于人体下腹部，仰卧时从肚脐到耻骨上方画一线，将此线四等分，从肚脐往下 3/4 点左右三指宽处是该穴。此穴有调理肠胃、固肾气的作用。女性朋友痛经就可以多按揉这个穴，另外刺激这个穴位可以加速女性的荷尔蒙分泌，促进乳房再发育，所以对于丰胸也有很好的作用。

颊车穴

颊车穴位于下颌角上方 1 寸的凹陷中，按揉此穴对除皱、改善面部浮肿有效。脸颊是毛细血管和面部神经都非常丰富的区域，颊车穴正是在其中，所以按揉颊车穴，可以加速面部血液循环，改善气色。此外，按摩此穴，能疏通头部上下的经络，消除面部气血阻滞，起到滋养功效，从而消除面部细纹的问题。

期门穴

期门穴在人体腹部第六根肋骨的间隙上。每晚 11 点至凌晨 1 点是我们的肝脏排毒时间，但大部分现代人都无法保证早睡，因此造成面部粗糙、肤色蜡黄和肝火痘痘的肌肤问题。按揉此穴可以帮助肝脏排毒，缓解肌肤问题。

印堂穴

大迎穴

翳风穴

水分穴

盲俞穴

盲俞穴位于肚脐中点左右旁开 0.5 寸处。按揉此穴可以改善腰腹部肥胖，加速胃肠蠕动，改善便秘等问题。

水分穴在腹部中线上，于肚脐上一寸处，按揉此穴可以改善腰线臃肿，消除"游泳圈"。

翳风穴在耳根处，与下巴的廉泉穴一起推拿，可以消除多余脂肪，消除双下巴。

大迎穴位于胃经上，它在脸部侧面的下颌骨前方，下巴骨的凹陷处。按揉此穴可以加快血液循环、排出多余水汽，快速消除浮肿，长期坚持，还有很好的瘦脸功效。

印堂穴位于两眉连线的中间点上，按揉此穴对于消除脸部色斑有很好的功效。此外，对于舒缓抬头纹也有一定功效。

由于我的工作原因，经常需要上镜，本着对观众的尊重，我对于自己的外形要求较高。

久而久之，总结出了一套非常实用的快速瘦脸按摩技巧，在此和读者们分享：

STEP.1

用中指按住眼角正下方，上下按揉，重复 10 次。

STEP.2

用中指打圈式地按摩下眼睑平坦的部分，重复 10 次。

STEP.3

用中指上下按摩眉头凹进去的地方，重复5次。

STEP.4

用大拇指的指肚按压颊骨下方的凹处，重复15次。刺激脸部废物排出，一定要用力按压。

STEP.5

用3根手指的指肚沿着下颚的轮廓轻轻安压，重复10次。

STEP.7

抬起头，大拇指从喉咙凹处向下颌骨方向疏通，重复10次。

STEP.6

大拇指斜向上按压，从法令纹到咀嚼肌上，重复5次。

　　除了手法之外，按摩工具也非常重要，好的工具可以事半功倍。很多读者跟我反映买了按摩工具却很难坚持，这点确实很矛盾，想美，一定要勤快才行！

WU YOU's PACKAGE

化妆包分享

1 · **TANGLE TEEZER**

美发护发梳

2 · **CAUDALÍE**

葡萄活性精华爽肤水（皇后水）

3 · **KATE**

畅妆持久浓细眼线液

4 · **CHANEL**

山茶花润泽微精华乳霜

5 · **NARS**

腮红 愉悦红粉色

6 · **ÍPSA**

流金岁月菁华保湿棒

7 · **FEELING**

炫奇造型喷发胶

8 · **CPB**

晶致润耀粉霜

9 · **DR PLANT**

晒精灵优颜倍护防晒乳

10 · **MARIE DALGAR**

轻雾感唇膏

11 · **ESTEE LAUDER**

新肌透修护眼部密集精华

K

OREA

Love
& Des.
Beauty

梦 境 中 的 微 苦 咖 啡

L O V E & D E S I G H & B E A U T Y

在 首 尔 , 把 生 活 过 成 一 首 诗

@SEOUL

　　如果对城市的记忆是按味觉划分的，首尔在我心中就像
是一杯微苦的咖啡。曾经有一段深刻的恋情在这里萌芽、发
酵，最终破碎。那些韩剧中浪漫的画面：初雪、啤酒、炸鸡、
毛呢外套、厚围巾，我在这个城市都与曾经的她经历过。虽
然恋情已逝，但我对这座城市依然拥有着眷恋。

KOREA

SEOUL

早在 2010 年，联合国教科文组织就已经将首尔评定为"世界设计之都"，以表扬这个城市丰富的文化遗产、创新潜能以及对于多元设计政策的不懈追求。我最欣赏首尔的特质，就是它随处可见的时髦设计。走在街上，无论是店铺还是民居，都能看到清新的色彩、线条，用心的设计和布置。江南附近的林荫道很美，也集中了很多设计师店铺和美妆店，tamburins 是我最近发现的一家专卖护手霜的店铺。简洁干净的包装、低调特别的香调、细腻的质感令人倍感舒适，难得的是进入店铺后到处都是充满设计感的家具、装饰，与其说它是一间美妆店，倒不如说它是一间艺廊。我想这就是店主对于美妆的理解，除了想带给客人好的产品，更想分享一种生活美学，一种品味与态度，这与我个人对美的看法非常一致。

为什么用咖啡来形容首尔？那是因为咖啡文化在首尔实在是太流行了！在热门的商业街上，几乎每 50 米就能有 7、8 家咖啡馆！尤其是新沙洞林荫路和弘大附近，每家咖啡馆都拥有独特鲜明的个性，让人忍不住想要喝一杯！

其中我个人很喜欢的一家咖啡店在弘大附近，地址：首尔麻浦区延南洞 487-375，店名叫 arari_ovene，这家店除了咖啡之外，也是一家专门做烘焙的工作室，所以蛋糕也超级好吃，来的时候远远就看到一座白色的房子，很有韩剧里的场景感觉，清新浪漫，据说是根据济州岛的住宅流行风格来设计的。院子里有几颗大的树，还有一张椅子，带有圣诞的装饰，感觉上也有一种日式复古的风，坐在庭院里拿着一杯咖啡晒着太阳，这时候的我可能也忘记咖啡的微苦了。

■ arari_ovene 咖啡店

■ TAMBURINS 护手霜店铺

■ 027cafe 咖啡店

另一家在汉南洞附近的 Ando Coffee，工业风设计加上 90 年代的复古家具，也是别具风味。

去过首尔的朋友一定对行走在街上的形形色色的韩国男女印象深刻，虽然他们样貌不同、装扮不同，但相同的是造型感很强、非常精致。从头发的造型、妆容，到服饰搭配都是一丝不苟，我觉得这也是他们对精致生活的一种表达。细心观察首尔街头的女生，普遍的妆容风格还是非常具有辨识度的：白皙的底妆、自然感粗眉、极淡的眼妆和色泽明艳、凸显气色的雾感唇妆。你会发现她们对于妆容的重点总是会放在唇妆上，从几年前流行的韩剧《想你》到《太阳的后裔》，几乎随着每部韩剧的热播，各种女主的口红色号都会卖到断货。

整形业作为首尔的一大支柱产业，在日益开放的今天，早就不是什么隐晦的话题了。朋友开玩笑说，首尔的男生女生都喜欢整形，用个下午茶的时间就去做了一个面部调整。选择证照齐全、合法经营的整形医院，对自己的肌肤或五官进行微调，爱美之心人人皆有，无可厚非。若是对整形抱有怀疑态度，亦可尝试维持时间相对较短、痛苦指数相对较低的微整形，例如激光或注射。

东大门是首尔经典的购物商区，几乎来首尔的人都会光顾的地方。有别于大多数人对于东大门的印象，我觉得东大门藏匿了很多拥有实力的设计师服饰，只要用心去找，并不难发现。

这是一个传统与现代完美交融的城市，也是世界第十大城市，在这里，你可以把生活过成一首浪漫的诗。

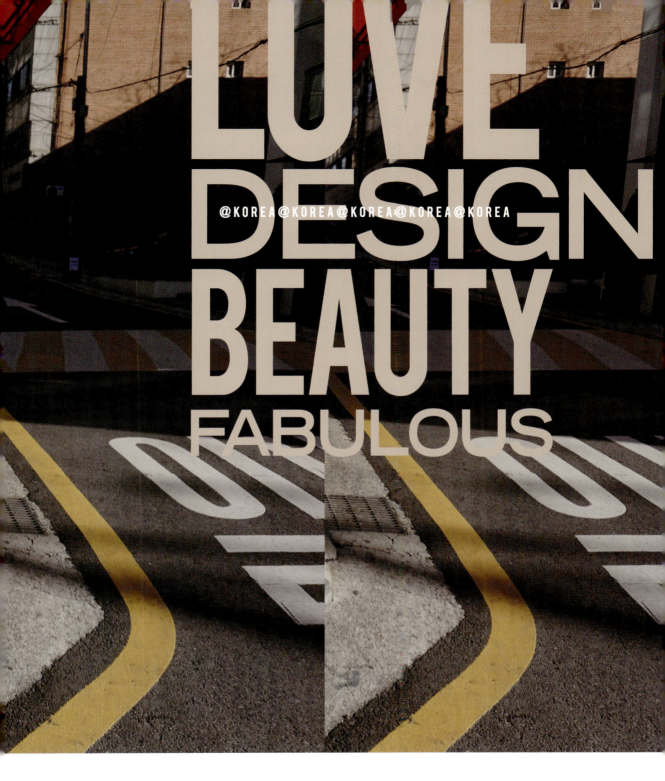

Hold infinity in the palm

of your hand

And eternity in an hour

E
elcube

这栋粉色小楼我不得不说一下，因为每次来都得逛一下买好多东西，elcube 主要以时尚的年轻人为对象，销售很多韩国时尚品牌，同时这里还入驻了一些在其他商场很难看到的韩国人气购物网站的线下实体店以及公仔玩偶店，整个商场从地下 b1 层到地上 5 层，服装、饰品店、咖啡厅等，尤其是一楼 flyingtiger 店铺真的超级好买，连我家里的彩色蜡烛还有复古的烛台很多东西都是这里买的哦，重点是价格非常亲民，而且门口还写着即时"退税"，这个很心动哦哈哈。

C
C27 Cafe

"C27"是位于新沙洞·林荫道最具人气的奶酪蛋糕专门店，因店里有 27 种不同的奶酪蛋糕而得名。这家店本来我是不想说的，因为在韩国的部分我已经介绍过好几家咖啡店了。那为什么要介绍呢，是因为这一家有点不同的是除了经典咖啡蛋糕以外，她里面的每个角落都是一个场景，每一个装饰让我感觉到了韩剧主题片场一样。非常适合年轻人拍照片哦，一楼到四楼每一层的感觉都不一样，值得一去。地址：江南岛山大路 15 街 39

M
meal°

新沙洞林荫道附近的 meal° 面包店，据说已经红遍整个韩国，进去你会发现各式面包都非常好吃，有一款像手掌那么大、可作零食的迷你方包非常值得推荐。里面藏着韩国产干板栗，外面披着甜脆杏仁蛋白酥（meringue）外衣的"Marron 面包"以及装满卡仕达奶油和奶油乳酪的"卡仕达奶油乳酪面包"的口感和味道也很出色。注意每天的面包都是限量的哦，晚上五六点就会卖完，所以要早点去买。

CITY MAKE UP

浪漫初雪

韩剧中总是赋予初雪浪漫的含义，动人的粉橘色咬唇妆、干净自然的眼妆，都令人联想到美好的初恋以及那告白旷砰砰的心跳声。

❶ **LANEIGE 兰芝** | 小白光气垫 BB 霜
❷ **LANEIGE 兰芝** | 丝柔眼影盘 #7
❸ **LANEIGE 兰芝** | 塑形马克眼线笔
❹ **LANEIGE 兰芝** | 双色立体染眉液 #2
❺ **LANEIGE 兰芝** | 双色立体唇膏 #3 号嫩裸粉，亮橘杏色

❶ **MARIE DALGAR 玛丽黛佳** | 混色版画眼影 #02 奶茶
❷ **AMARNI 阿玛尼** | 轻垫精华粉底液
❸ **CHANEL 香奈儿** | 持久液体眼线笔 #CRITURE DE CHANEL
❹ **GUERLAIN 娇兰** | 金钻修颜粉饼 #03
❺ **MARIE DALGAR 玛丽黛佳** | 惊叹水唇膏 # 重金属 009

动 感 舞 步

作为时尚idol的盛产地，韩国在音乐方面人才辈出，节奏感和韵律感在妆容上体现出主题鲜明、主次有序的美感。

复古印象

轻复古裹着一点运动风格，丝绒质感的饱满红唇极具质感，闪光银色的眼影则平衡红唇的沉闷和庄重，更添了一分时尚感。

< 从左到右 > **MARIE DALGAR 玛丽黛佳** | 水润保湿饰底乳 #02 自然色

MARIE DALGAR 玛丽黛佳 | 光影戏法高光粉 #02 一米阳光

DIOR 迪奥 | 惊艳单色眼影慕丝

NARS 纳斯 | 敢耀唇膏

LANEIGE 兰芝 | 绝色丝润唇膏 #335

HR 赫莲娜 | 精准眼线笔

街头的韩国时尚男女们都很喜欢使用大胆、鲜艳的色彩，这些色彩并不突兀，反而显得生机勃勃。

< 从左到右 >　**HERA 赫妍**｜臻润防晒气垫 BB 霜 #21

　　　　　　ETUDE HOUSE 伊蒂之屋｜迷幻星际限量版眼影盘 #1

　　　　　　HR 赫莲娜｜悦活精华粉饼 SPF30 PA+++

　　　　　　GUERLAIN 娇兰｜KissKiss 亲亲唇膏

　　　　　　YSL 圣罗兰｜新绒密睫毛膏

······

媲美微整形的
护肤科技

　　提起韩国，整形绝对是热门话题，可是消费者需求越大，市场也越混乱，外国人人生地不熟，很容易受到坑骗，造成手术失败等惨痛代价。而微整形则相对安全、痛苦指数小，成为很多人的首选。

　　微整形指的是利用高科技、无需开刀、短时间就能达到美容目的的医疗技术。自从微整形科技越来越普及，我身边的朋友对它的依赖性也越强，"反正去打个针就变白了"、"反正去埋个线就能变年轻了"，抱着这样的态度，对日常的护理和防护越来越忽视。我的看法是，虽然微整形可以选择性地尝试，但日常护理和微整形后的护理也绝对要引起重视！

　　目前市面上最受欢迎的微整形项目是什么呢？我特意为大家整理了几类，而相对应的可媲美微整形的"微整形护肤品"有哪些？功效如何？且看下文。

水光针

BellaVita

水光针指的是将玻尿酸和胶原蛋白注射到真皮层，
从而达到肌肤水润、光亮的目的。
它几乎是目前微整形界的大明星了！
除了保湿补水，还能够改善肤色、收缩毛孔、祛除皱纹，
简直是一针解千愁！

术后保湿和防晒非常重要，
通常需要一直敷着保湿面膜。

超声刀

Ultrasonic knife

乍听名字有点恐怖，用刀？
其实并不是指真正的手术刀，
而是利用超声热能聚焦的原理通过点阵的集束热传递方式，
美容探头每秒震动高达 600–1200 万次，
作用于真皮层，达到提拉、除皱和紧肤的效果。

超声刀的术后保养非常重要，
要用专门的营养素修复胶原纤维和保温因子。

射频镭射

Radio frequency laser

采用不同频率的射频波，作用于真皮层，
加大脂肪酶代谢速度，
使脂肪细胞体积缩小，刺激胶原蛋白新生。
有些人利用射频镭射雕塑脸型，达到瘦脸的目的。

术后保湿和防晒非常重要，
要避免热水洗脸和泡温泉。

果酸换肤

Glycolic peeling

医学级的果酸能够温和彻底地让老化细胞快速脱落，
促进角质层新生，
解决皮肤上凹凸不平的痘疤、色素沉淀和毛孔粗大等问题。
配合铒雅铬镭射，精准作用于肌肤。

术后会出现暂时性反黑和结痂现象，
要进行冰敷并加强保湿。

瘦脸针

Thin face needle

瘦脸针的内容物是肉毒素，
"肉毒素"是肉毒杆菌在繁殖过程中产生的嗜神经外毒素，
能通过阻断神经与肌肉的神经冲动，
让肌肉松弛麻痹，使肌张力减低，让肌肉拉长平贴在骨面上。
效果维持时间较短，在6-9个月之间。

术后4小时内尽量不要碰到注射部位，
也不要做剧烈运动。

······

气垫BB
最伟大的底妆发明之一

　　提起韩国的底妆，气垫BB霜绝对算得上21世纪最伟大的底妆发明之一！由于韩国MM对于自然无瑕底妆的极致追求，这种清透明亮、一物多用、遮瑕又好的底妆单品应运而生。气垫BB霜有多火？这两年欧美大牌化妆品纷纷仿效韩国品牌推出了气垫BB霜，一样的配方，不一样的吆喝。话说，你了解这些气垫BB霜的差别吗？如果觉得气垫BB霜妆效不持久、容易脱妆，很可能是你没有选对！

　　气垫BB霜外形通常是圆形，打开后配有一块粉扑和气孔状海绵，用粉扑按压海绵就能蘸取粉底，以按压的方式在面部上妆。好的BB霜能够遮瑕、调整肤色、隐藏毛孔，还便于携带，随时随地方便补妆。如何正确使用气垫BB霜呢？其实不同的肤质有不同的方法。

MARIE DALGAR 玛丽黛佳 | 无感大师水域亮肤气垫霜 #02 自然色

DIOR 迪奥 | 凝脂恒久气垫粉饼 #010

LANEIGE 兰芝 | 小白光气垫 BB 霜

SULWHASOO 雪花秀 | 采淡致美气垫粉底液

Dr.Jart+ 蒂佳婷 | 气垫 BB

MAYSU 美素 | 冰清玉润无瑕粉嫩气垫 BB 霜

油性肌 & 痘痘肌

气垫 BB 霜为求妆效自然，通常不会像常规粉底持妆效果好。
所以妆前保养非常重要，准备工作做足了，持妆时间也会更久。

STEP.1

将乳液状的精华挤出一元硬币大
小到化妆棉上，均匀在脸上画圈
按摩，直至吸收。

STEP.2

再将面霜挤出一元硬币大小到虎
口处，用手指一点点在脸上晕开，
并画圈按摩。

STEP.1

选择一款保湿面贴膜，10分钟快速为肌肤补水，这是模特和明星上妆前的秘诀。

STEP.2

选择一款清透的护肤油，滴几滴用指腹在脸上画圈按摩，软化角质，为后续上妆做基础。

干性肌 & 混合肌

这两类肌肤的妆前保养重点是水油平衡，补水的同时也可以适当补充油分。

WU YOU's PACKAGE 化妆包分享

1 **HR**
釉黑滋养睫毛底膏

2 **MAKE UP FOR EVER**
明星挚爱哑光唇膏

3 **MAYBELLINE**
橡皮擦遮瑕笔

4 **L'OCCITANE**
蜡菊赋颜御龄精华油

5 **LANEIGE**
小白光气垫 BB 霜

6 **KATE**
单彩腮红

7 **M·A·C**
定制无瑕粉底液

8 **GIVENCHY**
墨藻珍萃眼霜

9 **BIOTHERM**
奇迹水肌底精华露

10 **ETUDE HOUSE**
迷幻星际多用彩妆盘

BEST CHOICE

MARIE DALGAR
玛丽黛佳
"小蘑菇" 精华美颜霜

上妆随心所欲、
别让底妆输给时间！
PENG 出底妆新玩
法，堪称一键美颜；
轻轻按压粉底，
按需而 PENG，
轻薄、遮瑕任意选！

LANEIGE
兰芝
雪纱修颜气垫隔离霜

紫色气垫隔离霜能提
亮暗沉肌肤，均匀修
色。妆前打底能够平
滑肌肤，遮盖肌肤瑕
疵，细致毛孔，无痕
贴合。

KATE
凯朵
三色造型眉粉

COSMO 美妆大赏
年度眉部产品
时尚芭莎
眉部年度人气奖
瑞丽美容大赏
2017 年度红人口碑奖

KATE
凯朵
畅妆持久浓细眼线液

初学者持久防水棕色
眼线，派通跨界研发。

ESTEE LAUDER
雅诗兰黛
倾慕唇膏魅色系列

型色纽约 唇燃倾慕
满蕴玻尿酸滋润因子
双唇丰盈有型
立体光感显色科技
打造浓郁饱满色调

CHANEL
香奈儿
JOUES CONTRASTE

展现红润与光采，
从自然到明亮色调，
多重选择的腮红效果。
轻轻刷上即拥有
健康的红润肌肤。

DIOR
迪奥
凝脂恒久气垫粉底

清新柔润质地结合极为细腻的哑雾因子，
如同一抹轻透薄纱，
修饰隐匿肌肤瑕疵，瞬间打造立体哑光。

FEELING
菲灵
x-style 造型喷发胶

男女士定型蓬松持久
啫喱水膏
造型干胶喷雾

SISLEY
法国希思黎
漾泽美唇彩笔

全新呵护配方研制的
哑光色彩，斜切膏体
给予更精准的涂抹。
长效又大胆的色彩结
合了保湿效果和天鹅
绒般质地。

HR
赫莲娜
猎豹睫毛膏

超炫炭黑膏体配合四
重专利的神奇刷头，
顷刻间完美诠释极
黑、极长、极深邃浓
密的美睫！浓密、纤
长、卷翘、防水四效
合一。

M·A·C
魅可
持久哑光液体唇膏

即可完成哑光妆感，
长久持妆，
使唇部明艳动人，
过目难忘。

MAKE UP FOR EVER
玫珂菲
明星挚爱唇膏

两种质地，五大色系，
共 46 色，为你的双
唇带来惊艳色泽和持
久舒适！

ÍPSA
茵芙莎
光透无瑕修饰遮瑕膏

通过补充肤色不匀部
位的不足的"红色"，
与周围有血色感的肌
肤融为一体，更加自
然遮盖肌肤烦恼。

GIORGIO ARMANI
阿玛尼
莹润迷情唇膏

阿玛尼首只兼具丝绒
质地和光泽感的唇釉，
一抹即使唇部饱满水
润、光泽立现。

SULWHASOO
雪花秀
丝涧修容粉饼

采用雪花秀精细研磨技术，
结合现代手法改造传统研磨石。
"细磨"出超细粉末，抚褪暗沉，
一抹打造透明光采妆感。

FEELING
菲灵
x-style 蓬蓬粉

塑造动感
丰厚柔顺
轻如空气的随意造型。

BEST CHOICE

菲灵马油蕴含桉树精华，清爽强根，平衡油脂，滋养发根。

DR PLANT
植物医生
石斛兰鲜肌凝时
肌底精华液

纳米微乳技术，密集修护，舒缓保湿，提升肌肤修护力，令肌肤紧实弹润，重焕年轻光泽。

GALENIC
婕若琳
婕美红宝石面霜

诱人的玫瑰色凝乳质地中均匀散布着珍贵的红宝石成分亮珠，一抹即化。

LANEIGE
兰芝
夜间修护睡眠面膜

特有睡眠保湿科技，有效修护日间损伤。修护保湿膜科技，整夜持续补水锁水，焕发水润透亮，睡出水活肌。

MARIE DALGAR
玛丽黛佳
樱花紧致洁颜油

彻底清除彩妆，深层净化毛孔污垢，使肌肤光滑柔嫩，洁净如新；质地清爽宜人，温和无刺激；富含樱花萃取物，迅速缓解皮肤疲劳状态，让肌肤充满弹性和活力。

CAUDALIE
欧缇丽
葡萄籽赋颜肌活精华液

质地如丝般细腻顺滑，迅速渗透每一个细胞，赋予肌肤柔软娇嫩、焕然一新的光彩。典雅的花香中融入了柑橘叶、黄瓜水及清新薄荷的混合香气，缔造美轮美奂的嗅觉奢享。

L'OCCITANE
欧舒丹
赋颜御龄紧致眼霜

醇厚且易推开的乳油霜质地，蕴含蜡菊焕活精华和乳木果精粹。有效平滑并减少眼部皱纹、细纹和鱼尾纹。

AVENE
雅漾
舒护活泉喷雾

无菌罐装。纯净无菌，含所需的微量元素和二氧化硅，低矿物含量，喷雾后可在肌肤表面形成舒缓、可透气的保护膜。

DHC
蝶翠诗
眼唇专用卸妆液

眼妆、口红专用卸妆液，分层（水油分离）质地，重点局部妆容专用的卸妆液。无论是防水的睫毛膏还是口红都能完全卸除。

BIOTHERM
碧欧泉
"奇迹水" 肌底精华露

蕴含高浓度品牌灵魂成分活源精粹 Life PlanktonTM，一滴，迸发强大渗透力，层层渗入肌底，有效激活肌底细胞，加速细胞更替新生。

LA MER
海蓝之谜
焕白璀璨柔肤水

拥有 "如水似精华" 般质地，其智慧型的网状啫哩，能够即刻且持续地为肌肤注入美白能量，打亮出健康透白的肌底，让肌肤尽情吸收后续的保养品。

MAYSU
美素
人参精华液

轻盈润透的精华质地，易于渗透吸收，自肌底促进再生，重赋肌肤年轻强韧。

KENZO
凯卓
花颜舒柔多效修护精华油

古莲复合精粹带来多效御龄防护，保养、修护并延缓明显可见的衰老迹象。

DIPTYQUE
蒂普提克
影中之水淡香水

这款香氛结合了玫瑰的新鲜甜美与黑醋栗叶的绿色香调，互补而平衡，香气呈现既甜美又协调。

RENE FURTERER
馥绿德雅
五重多效护理油

触感轻薄丝柔，瞬间渗透吸收，深层滋养不黏腻。5 种植物精粹，为秀发和肌肤补充脂肪酸和多种维生素，焕活能量。

DHC
蝶翠诗
弹力精粹润白霜

高人气的辅酶系列 ALL IN ONE 黄金霜，不仅将洗脸后的 5 大护肤步骤（化妆水、乳液、美容霜、面膜、妆前霜）合而为一，更能同时达到美白、弹力、紧致、滋润、光泽 5 大护肤功效。

图书在版编目（CIP）数据

走，一场潮妆旅行 / 吴忧著；上海：上海书店出版社，
2018.4
ISBN 978-7-5458-1631-0

Ⅰ.①走… Ⅱ.①吴… Ⅲ.①游记–作品集–中国–当代
Ⅳ.①I267.4

中国版本图书馆CIP数据核字(2018)第057002号

责任编辑　张冬煜
内文设计　卢莹/JOANNA
摄　　影　胡文涛
封面设计　汪昊

走，一场潮妆旅行
吴忧　著
出　　版　上海书店出版社
　　　　　（200001　上海福建中路193号）
发　　行　上海人民出版社发行中心
印　　刷　上海丽　佳®制版印刷有限公司
开　　本　787×1092　1/16
印　　张　12.5
版　　次　2018年4月第1版
印　　次　2018年4月第1次印刷
ISBN 978-7-5458-1631-0/I.431
定　　价　68.00元